访客

张伟朝 著

江苏凤凰文艺出版社
JIANGSU PHOENIX LITERATURE AND ART PUBLISHING

图书在版编目（CIP）数据

访客 / 张伟朝著. — 南京 : 江苏凤凰文艺出版社,
2023.6

ISBN 978-7-5594-7656-2

Ⅰ. ①访… Ⅱ. ①张… Ⅲ. ①诗集—中国—当代
Ⅳ. ①I227

中国国家版本馆 CIP 数据核字(2023)第 065584 号

访　客

张伟朝　著

出 版 人　张在健
责任编辑　王娱瑶
特约编辑　韩馨雨
装帧设计　徐芳芳
责任印制　刘　巍
出版发行　江苏凤凰文艺出版社
　　　　　南京市中央路 165 号,邮编:210009
出版社网址　http://www.jswenyi.com
印　　刷　江苏凤凰通达印刷有限公司
开　　本　880 毫米×1230 毫米　1/32
印　　张　9.75
字　　数　156 千字
版　　次　2023 年 6 月第 1 版
印　　次　2023 年 6 月第 1 次印刷
标准书号　ISBN 978-7-5594-7656-2
定　　价　68.00 元

自　序

我们都是时间的过客，你能来访，甚好。我敞开心扉任你打量，喜欢就坐坐，不喜欢就离开，了无牵挂。我把这些诗放在书架上，日渐枯黄，让它们见证一花一叶的兴衰。这些诗，写你、写我、写万物，就像溪水静静淌过时光的河床。如果一首诗可以让你泪流满面，我就在诗里跟你一起忧伤。如果一首诗可以让你如沐春风，那我就化作一缕风，在必经的路上等你。一本诗集写给知音，不曾谋面，却心意相连。在诗的海洋中，我的诗只如微尘，但也有它的灵魂，这些诗不图华丽、宏大，只愿走近你的心灵，与你一起共赏人世繁华与美好。

如果哪天这些诗不见了，也不要寻找，它是高山，也是河流，更是走在我们身边的每个人。希望每个人在平凡里活出诗的模样，今生该有的模样，不论贫穷、富贵，一茶一饮皆为诗篇，有诗意的生活才不枉此生。快乐是诗，苦难也是诗，我们在快乐中感受，我们在苦难中长大。只要有诗，白首仍是少年，写诗、觅诗，与诗友共觉人生冷暖，相惜相伴。

懂诗的人其实很多，有人活出了诗意，只是自己浑然不觉。当你觉得烦闷，当你难解胸中块垒，就来寻我，让我们在诗的世界里找寻人生的真谛与答案。不管时光飞逝，我与我的诗仍在这里，静静地等你，不见不散。

是为序。

目　录

锈　蚀

没有跨上鞍
很久了
一切都开始生锈
锈蚀让我们
无法动身

马蹄莲未开放
她怀抱
我的忧伤
久久不肯释怀

我是散碎的

访客

你走过后
我是散碎的
就像碎了
一地的光

要多少黑夜?
才能承载我这
满天的星光

访　客

你来了
就是应该来的
毋用多言
你的风雨、彩虹
都在身上

你穿过无数的街巷
穿过无数的植物
在一个有雨的下午
款款而来
我挪开最高的山
与你对坐
看那些清风吹开的花朵
迷失在
张口欲言的唇里

安静的诗句

访客

我要摊开月光
像你摊开那些纱
读一些安静的诗句吧

要读你的轻蹙娥眉
看你把月光再碾碎些
这些散碎银两
余生的盘缠

读到某些段落时
要熄灭灯光
让心里的雨水
轻轻落下

我可以是很多

有些时候
我可以是很多
比如
我是你的心跳
是你的勇敢无畏

有时
我是你连绵的青山
每天与你一起去
承接那些
日出与日落

如果有雨
在你发梢滴落
我就是伞
遮着那些雨
陪你同行

沉默时

沉默时
我是丰盈的
开口时
就开始变得贫乏

你看那些高山
并不开口
而轻佻的风
轻薄地荡来荡去

我开始沉默
于是
我有了高山、河流
花朵和你

读温柔的句子

喜欢那些轻轻浅浅
那样无忧
没有尖尖的刺
也没有沉疴

你总是如清新的光
在多雨的南方
明亮照耀
你是温柔的
海风就是柔的

我要那种清澈见底的生活
简单明了
没有水草遮掩
温柔恬淡

给你的书

给你的书
不要撕去扉页
那样会弄丢我的名字
很多剧情
已经悄悄改变

有些章节
没有提及爱情
是关于一条泥泞的小路
车辙里的花朵
以及一阵风的走向

泛黄的部分
不要再标记了
它变得脆弱易碎
我不要它
碎给你看

一想起你

一想起你
天就开始亮了
你的窗帘开始滑动
希望你接受阳光
也会接受我

梳妆台虚位以待
我不要你顾影自怜
你看那些花
宠辱不惊

如果你醒来第一件事
就是想我
那就是我在你梦里
停留，然后离开

爱你的理由

爱你
不因桃花潭水
不因颜如玉
只因你让我在
午夜崩塌
这样的万劫不复

冰雪已释然
只剩柔水
我们开始交融
然后变得难解难分

我说到你时
通常用形容词
说着、说着
天气晴朗
天地间开始散发
你的光彩

我是自己的诗

我是自己的诗
当然也有写到你
写一个雨天
于是开始细雨缠绵

写穿梭城市时
每天的相遇与离去
写一朵花的容颜
与白云相契

写我身体里的河流
百转千回
也写那些永不回头
让人肝肠寸断

车轮与莲

访客

是的，车轮仍在
碾着风尘
碾过的雪，开始融化
目光所及
车辙依稀可见

岁月被覆盖、碾压
很多痛，消融，释然
我们开始拼凑
残存的莲
然后看着它
在车辙里涅槃重生

你只是自己的花朵

爱你的素静
也爱你的热烈
不用葡萄
不用光
就能诠释

要允许你的柔情里
有尖锐
也有花朵
允许你在夜晚醒着
白天睡着

你只是自己的花朵
与他人无关
与一段段风月无关

无论白天、黑夜

再无那些迟疑、慌张
无论白天、黑夜
开始变得安然
我不去构建那些乌有
不去证明那些梦

不去寻找
身体里的钢铁、花朵
也不去等待
一场雪

白天、黑夜
变得一样光明
我无法叙述一场雨
无法叙述
一个人虔诚的信仰

我很喜欢的一个词

我频频改动
一些词汇
让这一切变得妥帖
很多情节
都被我赋予

很多时候
喝酒是为了
寻找那个自己
昏昏沉沉
乍醉还醒

我很喜欢的一个词
是给你的
双眸泛出的光
也是给你的

只开一次的花

花朵与雪花
都是白的
在一个雪天
无法分辨彼此

不要把一生
只开一次的花
开在冬季
我怕雪化在眼睛里
花谢在心里

恰如你所说

恰如你所说
山以上都是空的
很多词被形容
也被忽略

我不想把天空
飘下的
都叫做雪
那些白
总觉得格格不入

不要谈论那些哲人
他们总在高处
如日月星辰

多少故事已沉寂

我不知该怎么
形容你
形容那些鸢尾花
都是这么美好
不染俗尘

我要费尽思量
才能诠释你
诠释每个清晨与黄昏
透着的淡淡忧伤
多少故事已沉寂
如失落的花朵
了无声息

我要说

我要说
因为你住在我心里
我才是丰腴的
你的辽阔
撑起我的天地

面对苍白
我总是说起雪
说起梨花
以掩盖自己的空虚

我要说
白云飘走后
我也是空的
我要腾出身体
盛放万物

雪 花

我又写了初冬
雪花开始
一片片地飘下
像游子归来

有时候
在多雨的南方
无法想象
一片雪花的美丽
以及她的孤寂

人和车经过时
雪花污黑
或许这是人间的
大写意
苍白或被玷污

小写意

忘记了
上一章节
展开的纸变得
苍白空旷

是的
写写悲凉
也不算过分
在足不能
出户的时代

秋意更加薄凉
至暗时刻
每个窗户都
亮起灯

门前的流水

日子日渐消融
人也不过是
在五月
开始绿肥红瘦

很多时候
总觉得你仍在三月
倚着小窗

门前的流水
开始奔腾
一些山
伸出双臂
却无法阻挡

无论安睡或清醒

无论安睡或清醒
都安之若素
开始与干净的人交往
没有坊间的
期期艾艾

开始珍惜花期
在影子里写故事
写那些
一发不可收的江水
流着千古的愁

一呼一吸之间

一呼一吸之间
花就开了
这若有若无的花
年少轻狂

风就这样来了
吹着玻璃窗
轻轻留下吻痕

大海也来了
卷着白雪
开始撞击
紧闭的心房

开始与时光重叠

我始终认为
这场雨
是为我下的
让我学会了赠予

我开始把自己
赠予一段时光
赠予一个人

开始与时光重叠
一起开花
一起落雨
与某段时光
难解难分

想起薰衣草

想起薰衣草
还在那里
年复一年地说着心事
这些蓝紫色
总是那么的深刻

我们在远处敲钟
钟声没有颜色
我们也不甚分明
薰衣草海
也不想淹没谁

我们走了
就开始忘却
尤其是其中
带着露的那棵

需要比喻

当眼睛亮起来的时候
开始比喻
看到浣纱女
就会想起那些归舟

很多时候
沉鱼落雁不复存在
水中的影子
总是碎的

不要对昨天
怅然若失
抽点时间
和风在一起
和你在一起

等　雨

雨不来
我是易怒的
像干烈的柴草
干裂的唇
开始渗出血来

最怕等雨时
却来了风
这样的让人怅然

雨总是在不经意间
开始挥洒
我的身体开始
蠢蠢欲动
开始生出江南

我不做假设

我做不到
在谈及一些事物时
不皱眉也不微笑
我不插嘴
让你变得完整

很多事像骆驼刺
它的尖锐
它的花香
只有骆驼知道

我不做假设
我怕自己变成骆驼
也不做骆驼刺
怕它刺疼
每一个路过的人

像一丛美人蕉

当你不嫌弃
也不自恋
月亮才会这样圆满
你要浅浅笑
像一丛美人蕉

当你展开你的身体
在风中摇摆
你就承认了那些杨柳
那些夜色
那些知更鸟

我们之间

日子摞起来
也有一人高了
我们之间
零零碎碎有很多

关于年龄的
总被忽略
仿佛好时光
一直都在

路也是一段一段的
我们沿着单行道
说说笑笑
牵着手
仿佛牵着一个春天

阳光等身

半辈子来
一寸寸光阴渐渐等身
我要多浩瀚
才能让阳光等身

我要阳光等身
只为照亮
自己身体里的黑暗
我选择热带
选择阳光最多的地方

那些黑暗
不敢直视我
被我逼得
一寸寸褪去

我只有两根银弦

我只有两根银弦
却不能轻弹
怕月碎在水里
无法收拾

很多时候
我不看这些结局
刻意回避着
那些泉水

我怕那些泉水泛滥
怕我的银弦
开始呜咽

第一次写你

第一次写你
就想到
那些千千结
还在摇摇摆摆
不肯坠下

想起走过的马路
仍然车水马龙
人影憧憧
我们含过的冰
融化在春日
无从寻找

你总是这样盛大铺陈
又不着一痕
你有时音讯全无
又出现在梦里

不要到西凉找我

不要到西凉找我
我的血液都是西凉
顺着黄土
进入你的腹地
来填写西凉词吧
忽然间
羌笛悠扬

我们的皮肤被染成黄色
这遍地的黄花
枯干的杨柳
这无声的大风歌

无　题

我的柔
沾唇即化
仿佛空无一物
一个去处
总是无声无息

绝美、空寂
偶尔，会飞翔
在高山之巅

青花、秋翁
在一首诗中析出
开始救水草
救奄奄一息的黄昏

我欠你一个月亮

我并不悲凉
心里的草一直绿着
比昨天还鲜亮
沉重的盔甲已被丢弃
我在竹子旁吟诵

我欠你一个月亮
也欠你一些酒
那些醇酒
本该在生命里
日日沉醉

每天都在莲塘

无非是多轮回了一世
无非是在人海中
撞了个满怀
从此有了你我的故事
身体里多了些
牵牵绊绊

不必再理是是非非
每天都在莲塘
开着满意的花瓣
污泥里扎根
下雨时
就举起荷叶伞

泥　沼

我在泥沼里
寻找陷落的太阳
大象、青蛇
以及白云

陷落
然后踩着太阳
又升起来

河堤亮了
虚掩的柴门
开始动摇

只是一转眼

只是一转眼
高山神鹰的部分
已消失不见
我被雪覆盖着
等待救赎

我在离太阳最近的地方
任西北风刮过
冰河开始悄悄颤动
我的手
伸出雪线

是的，我要一缕阳光
不偏不倚照着
我要你如大鸟飞过

随着你的温暖

这些年来
身体变得越来越空
当空得什么都不剩了
才会变得丰腴
就像广博的天地

风吹过时
心思不再凝重
才觉得自己像鸿毛
随风飘着

我落下又飞起来
随着你的温暖
随着你的消息

关于我和你

那些高坡上的信天游
撩到我了
我们流下的泪花
都在黄河里

黄色的皮肤
黄色的土
黄色的油菜花
遍地开着

我们一起往东走
去到遥远的海
去种那些相思豆

我要像阳光

我在早晨洗澡
洗去的那些黑暗
慢慢隐去
我用干净的身子
去跟太阳见面
跟你见面

早晨变得纯粹
我的皮肤又亮起来了
我要像阳光
照临每一件事物
我要开始说话
说这些发烫的词语

我没有看到

我没有看到
森林边的空地
影影绰绰
青草们在聚会
说着往事
风就吹过来了

有些消息
是关于花的
一片花海
铺天盖地而来
湮没了青草
于是有些种子
掉了下来

我不要它们改掉我的书名

一双无形的手
在拉动我的身体
翻动我的书
我不要它们改掉我的书名
改掉一本书的前生今世

我已经选择
躺在一张书桌上
完成省略号
还有闪亮的句点

我不需要金线装饰
只要你的手指
停留在一段章节
久久不愿挪动！

中年之诗

就像一条河就要入海了
从窄处到宽处
声音越来越沉默
这面镜子变得模糊
该带来的都带来了
半生的青白丝
像水草漂着

开始关注心脏
生怕远处响起的救护车
该给父母选墓地了
山清水秀的
真想也帮自己选一块
百年后跟某人
葬在一起

借你的名字好吗?

无法掩饰的慌张
充斥街巷
仍有些角落
冰雪寒冷
借你的名字好吗?
我走过街巷时
心怀光芒

不要记我的名字
我的名字是借你的
你不要转过身去
也不要说话

一座山的呼吸

又是一个让人心碎的节气
碎石路上飘着雨
我撑着伞
相信您会一路相随

去山的深处
看望一座荒城
去血脉里寻找您的痕迹
我点燃一堆火
让您寻过来围坐

静静地听一座山的呼吸
感受蓬勃的力量
感受亲情的河流
缓缓地流过来

我的眼睛是金色的

我的眼睛是金色的
在镜子里
泛出金色光芒
我要用这样的眼神看你
看盛夏的果子

对于天空蓝
我的眼神有点恍惚
看到成群的鸽子
更上面的是雄鹰
眼睛里的阳光
开始让它们迷路
我要造一个巢
让它们都住下来

正午过去之后

正午过去之后
石头城开始沦陷
先是墙角拖着黑影
然后是身体里的光芒
逐渐消失

鸽子徘徊在黑影里
扶桑花收起花朵
日渐式微的光
为黑暗镶着金边

神经变得松弛
人们在一张床上
安慰自己
所有的孤岛消失不见
这连片的黑暗啊
遮尽了所有的光明

她自己的诗

悲喜欢愁
她都是自己的诗
贩卖的人间烟火
倒向天空

这样的天空之城
风雨淡淡
忧伤淡淡
万物停留然后离去

她要做一枝花
给她细雨就好了
再给她一点薄薄的雾
她在雾里
看着自己的花

一只纸袋的畅想

我用纸袋盛放情书
它变得有温度
像一双大手
焐热一颗心

盛放食物的纸袋
田野的味道
扑面而来
你是空虚的
却能盛放一切
又能替他们保密

月　亮

也许很多时候
月亮是从
墓地升起来的
所以有时候
残缺不全

那些春闺梦
那些河边之柳
还在飘荡

有时候
月亮在河里洗澡
赤条条的
把自己交给夜色

你不必说爱我

我的大潮还如当初
如此澎湃
许多石头
已被我击碎

剩下柔软的海
还在那里
月亮时隐时现

你不必说爱我
我的来去
自己也不知

落下来

其实飞鸟与落叶
都一样骄傲
也都会落下来

落下来
也不用忧伤
你也会落下来
与飞鸟、落叶为伍

不要暖一块石头

这块石头变暖了
它还是石头
不像一颗心
暖了，人就活了

石头是硬的
适合刻一块墓碑
让软软的人
长出骨骼

今夜会有一些月光

今夜会有一些月光
洒在床头
床头很平整
仿佛我踏平过的草原

我的骏马已消失不见
这样的探视
像是安慰
月亮没有乳名
我无法呼唤

在蓝色的街灯上面

在蓝色的街灯上面
夜蛾飞舞
房间是暖色的
人影晃动

灶膛里燃着火
一杯酒
轻轻晃动
快接近嘴唇了
这热烈的唇
等它回家

书犹药

千年的时光
款款而至
山河病痛
书犹药

书中自有莲花朵朵
济世不言
风雨、四季
都在这些书里

巨人们
也在书里踟蹰
抚摸着落日
发出一声喟叹

如你所见

如你所见
天黑了
星星就亮了
我在星星下走夜路
路有光
我也有光

穿过黑暗
淡淡的忧伤开始弥漫
迷路的时候
我开始数星星

一朵花开过的样子

此去经年
勾兑过的生活
半咸半淡
云彩浓了、淡了
都在预料之中

常想起身边
一朵花开过的样子
妩媚、热烈
然后安然凋零

我喝的每一滴酒

我喝的每一滴酒
都有你的浓烈
从你的器皿到我的器皿
交换透明的液体

要不要一醉方休？
在月圆之夜
静静地像河水流淌
流过之处
就是别人说的永久

在春天

在春天
我索要的不多
一场春雨就够了

我会绿遍远方
长满青草
任你踏轻骑
款款而来

你带来欢愉
带来疼痛
也带来一场梦
萦绕不散

饥饿的嘴巴

通常在翻过
季节的第一章节后
蛇从地洞钻出来
然后是
饥饿的嘴里
开始慢慢搅动

搅动的江河也是春水
春水在等桃花
鳜鱼肥胖
大海在吞噬这些春水后
活了下来

一枝玫瑰

我分不清月季和玫瑰
要忽略叶片与尖刺
火红的花苞
彰显凝重的心思

一生的血液
身体里的玫瑰
捧在手上
然后丢弃

丢在春天里
丢在废墟里
结局都是一样
一枝玫瑰
开过了，她就是完整的

我只在下雨时思念

我多么希望
你卷着的舌头
能够碰得到春天
挨到的地方
都如我

我开始变得
明亮而生动
在你必经之地开着花
车马过处
仍要保持干净身子

那些露珠
并不是我的眼泪
我只在下雨时思念
你的、我的
粘连在一起
绵绵不绝

淡淡的栀子香

我见不到栀子花
却总闻到她的香味
淡淡的
仿佛不属于人间

她来人间千百回了
只是没有遇见我
我没有花园
只能变成白色的光
抚慰她的花朵

在你和我之间

在你和我之间
总是夹着好日子
天气晴朗
眉宇那样舒展

每个好日子
针脚细密
忧伤早已还给夜色
石头还给城墙

没有憔悴的花
呼吸像风一样均匀
时光已把所有的绳结
轻轻打开

我认为的海

我被淹没在人海中
沙丁鱼般挤着
我认为的海
遥不可及

我无法数
远方的那些浪花
走失在街巷
我承认我是条鱼
却与远方的海
格格不入

那片弄丢的山

我把那片山弄丢了
不再有生长痛
没有了高的执念
白云缠腰也没有感觉

曾经的山
那么向往高处
胸中块垒
被垫在脚下
一点点的厚重
都是承担

忘了那片弄丢的山
忘了高处风景
不压着别人
也不压着自己

时间的缝隙太宽

时间的缝隙太宽
所以青春容易溜走
溜走了
就不要驻留
那不过是一汪水
一阵风

黄昏开始梳妆
把一抹抹的晚霞
涂在身上
把最好的一面
留给世界

我已经等待很久了

时间不会等谁
叶子绿了
又悄悄黄了
沙尘飞起来
又落下去

我已经等待很久了
等待心里的潮水
漫过天际
让太阳、月亮、星星
都浮在里面

一念之间

面对冷雨
不觉开始哑然
自己也是一滴雨
却怪它的冷

一念之间
该润的都润了
大胆承认自己是花
开放或凋零

一切都顺理成章
成为雨滴
也不用怀念
前方
江河浩荡

不知不觉之间

沟壑纵横
白雪开始漫天飞舞
不知不觉之间
山老了
人老了

这些凝重的皱褶
把往事都藏在里面
不肯示人

我用身体写诗

身体可以拖曳
一个感叹号
可以像马一样奔腾
我用身体写诗

写身体遍布的森林
歪歪扭扭的足迹
写身体里
开出的花朵

写一朵花与另一朵花
重叠出的春天
吞没荒城

呓语

访客

从山顶上望去
一切都在脚下静默
松涛也好
云海也罢
都开始模糊不清

我在风里呼啸
发出自己的呓语
云雀跟随我
太阳也跟随我

天地变得颠倒
河在天上
雄鹰、云雀
在地上收拢着翅膀

我把自己弄丢了

春天里
我把自己弄丢了
我沉在花海
无从分辨

你走过时
要轻轻地折下
插在云鬓里
盛开的花朵啊
就应该这般模样

无论如何

要宽恕的
还在那里存在
无论如何
都要学会忘却

天空不记得
每朵云彩的模样
她把自己放空
只有空
才够博大

要放弃偏执的想法
你不是云
连雨点都不是

而现在，我在这里

寒潮开始暴虐
每把刀
都闪着寒光
把这世界的冷
表现得淋漓尽致

而现在，我在这里
证明寒冷的深处
存在的热源
证明一颗心的光明

光明都是自己给的
这光明、这些炉火
让每把刀都
黯然失色

想起那些彼岸

椅子挪一寸
就离你近一寸
我们谈起
未知的远方

眼神里
两条清澈的河流
开始奔放

想起那些彼岸
秋千架与摇椅都晃着
两个身影
斜在秋后的躺椅旁

瓷片

瓷片碎了一地
我开始写诗
写曾经的亭亭玉立
写身体如天青色
淡淡如烟

一个时代碎了
如覆水难收的时光
我在缝隙中
寻找残留的温存
忽略那些茬口

也许所有的不完美
是自己给的
所有的破碎
也是自己给的

沉寂得太久了

沉寂得太久了
我担心
自己成了石头
任由时光逐日消磨

遥远的信风
迟迟未到
身体不再滋润
格桑花就在身边开放
旁若无人

不做山峰
我只是攀登者
每个台阶
都如我过往

哪一朵写你的名字

春天花开了
不知道
哪一朵写你的名字

花都美
却配不上你的名字
伸开的手
犹豫不决
我在空中比划着
你的名字
一下子变得饱满

一条圣河

不必去布达拉宫
雪山的头颅
依然高矗
能仰望
已够了

转经路上
太多匍匐的身体
牦牛仍在草场
等待主人
都说雪化了
灵魂就洁净了
一条圣河
前往远方布施

太阳睡着了

手指捻不碎光阴
我也捻不碎那些大山
金刚般的山峰
披满霞光

昏鸦、老树不是主题
我把太阳含在嘴里
感受那些火热
正节节下咽

太阳睡着了
夜也睡了
大地陷入思考

姑苏臆想

寒山寺钟声
轻轻荡起涟漪
如此安抚
一段风月

姑苏山
已没入风尘
风尘里
野渡横舟
都不过是明日黄花

我们困在风月里
欲罢不能
做一滴雨点吧
打在心里都疼的那种

正如庄周老去

蝴蝶老去
正如庄周老去
那些花的纹
还在延续

都知道梦不是真的
在梦里花仍成海
跌入花海时
成了花的一部分

老去的庄周
不再梦我
不再梦蝴蝶

你不懂我的忧伤

访客

心里的伤疤还沉在
蓝色的湖里
这忧伤的湖啊
让人沉沦

你不懂这蓝色的湖
不懂我的忧伤
月亮掉下来了
沉在我的湖

我的外表如此平静
内心的涟漪
直达湖底
我要让掉下来的月亮
安心沉浮
如在高高的天上

该省略的

该省略的都省略了
下车时应该忘了
那些车厢
那些嘀嗒的钟表

云彩再柔
也住不到心里
森林广阔
走出时也要省略
做一个善忘的过客

最后把自己也省略了
就像无边的沙粒
不着一念

木鱼

不要在深夜里
敲木鱼
我怕把那些星星
敲没了
那些思念
敲没了

木鱼
就该在黎明
敲出太阳
敲出一夜的露
夜的眼泪
悄悄收场

我在你指尖盘桓

一滴水溶断不了高山
但高山之绿有我
你太巍峨
我在你指尖盘桓
你指尖的风
已绿透遥远之地
风铃花
随风摇曳

指尖划过的地方
白云流出
这些天上的羊群
没有主人

前世有雪

前世有雪
今生才如此晶莹
覆盖过红尘
已不是曾经的自己

我把自己留在严冬
拆开的诗句里
尽是春天

嘴里喷出所有白雪后
把前世的雪
吐尽了
寒冷也吐尽了

我要去黎明湖

我要去黎明湖
这样的黎明
就是未来
湖面还有涟漪
说明了我的留恋
黎明湖
这是一个念想

我已醉在红尘
跌入湖中
我觉得有一束光
照透我

一片雾

多么美啊
我们不再谈论自己
显然
离物质越来越远
离远方越来越近
一片雾
都感动很久

有时也谈论宗教
旁边的流水
轻轻回应

从今天开始

从今天开始
好好走路
不论路的高低错落
安步当车

开始喜欢粗茶淡饭
开始留意
一枝花的开放与凋零
尖锐的部分被一一磨平

开始沿着一条河
一路追下去
沿着光追下去
直到把黑暗逼在墙角
无处逃避

秋天的邀约

开始陪着秋天
慢慢行走
去完成那些邀约

不要觉得
什么都是迟暮的
路上写满一个季节
存在的理由

不要去追诉那些风
那些落叶
就是忧伤的证言

我开始喜欢自己了

我开始喜欢自己了
我还有炽热的光
还有很多黑暗
我要去照透

一栋宁静的小屋
门前长着茇茇草
小径泛着雨滴
印着走过的脚印

试着给季风取一个名字
我叫她“鸽子”
鸽子
总是像风一般的存在

如晴天，似雨天

开始写奏鸣曲
写那些朝阳之子
写黑屋变亮的过程
自己的路
幸好有人同行

你是最美的一段旋律
如果能在风中凝结
该有多好
这些画面
如晴天，似雨天
玫瑰只是开了
她没有哭

没等我同意

好吧
我记得一段话
如果纯洁
会更接近阳光
这更轻吧
像蓝天之色

没等我同意
小柑橘就绿了
到此为止
雾霾还没来
黑暗还没来

过来吧
淹水也没关系
这无边的忘情水
像雨露

不过是如梦初醒

不过是如梦初醒
就像下了一夜的雪
然后初晴
街道是寒冷的
我还是热的

到此为止
很多宿醉不愿意醒来
七秒的梦
像走了一生

不要一个人
去刚结冰的河
叫醒我
一切如梦初醒

这样的冷暖自知

酒杯就应该像个酒杯
把该盛的都盛进去
那些风花雪月
那些高山大川
那些莫名的愁绪

我吟唱时
歌声穿过酒杯
我要让万马奔腾
大海跌宕
也要让细雨穿过喉咙
把生活的苦
慢慢咽下去
这样的深入心扉
这样的冷暖自知

今夜我在椰子树下

今夜我在椰子树下
要与椰树对话
我要让椰树
认领我
认领一个静谧的夜晚

许多故事
被取走
椰子保留她
纯净的内心之潮

椰叶是稀薄的
和盘托出
一轮明月
我要用她照着天涯
照着断肠人

刚好在我喜欢的地方

帐子外面风很柔
我要等天黑透
才能看星星
风停的时候
天空开了

要把星星
捉在帐子里
一颗颗地数落
数她的遥远
数她的寒与冰冷

这容易让我想起
三月里的桃花
内外都笑意盈盈
下面的溪流
带她流浪
刚好在我喜欢的地方

念着、念着

念着、念着
天就黑了
当天黑透了
心就亮了

不要说能看透
所有的黑暗
只做自己的一颗星
在高天之上

蔷薇花还倚着墙
干枝藏在雪中
念着、念着
雪就退了
当雪退完了
花就开了

每明亮一分

双眸生动
每明亮一分
黑暗就淡一点

生活的纹理
开始纤毫毕现
我们在匆匆的脚步里
抒情、叙述

我们是平淡的
也是丰富的
我们都执著于光明
有，或没有

一瓢水

我们在生活的水里
浸泡着
水是如此包容
一瓢水
道尽人间甘苦

你要允许水是蓝的
也是清的
水里的倒影
如此虚幻

我们在水里讨生活
把月亮泡进去
我要填那些坑洞
用我的水
我的全部

孤独的美学

人只有孤独时
心是安住的
像那些泰山石
宠辱不惊

独狼在旷野里
走过无边的广阔
它既属于这里
又不属于这里
孤独而又那么丰饶

有时一棵树是孤独的
孤独的树
容易被阳光宠幸
容易遇到迷路的你

每个人都属于他自己

不要为另一个人
制造牢笼
不要在午夜
泛起潮水

要确信
你自己创造了
你的身体
就像上天创造了太阳

不要模仿太阳
你只能为自己闪光
然后又心甘地
沉沦于一种苍茫

我今生的真容

清空积雪
才昭示新的开始
要把旧的伤疤
裸露出来
河山裸露出来
要确定
去年的那只金龟子
还活着
还在向往花朵

春风漫过头顶
开始揭露
我今生的真容
我的名字
被你悄悄唤醒

与鸟语

不管树多大
雨还是如约而至
鸟儿抖落身上的雨水
就像我在抖落
一世的风尘

我用目光给鸟洗礼
然后借它的翅膀
直插云霄
我不要庇护所
我的家
在碧蓝的天空

风雨来了
要坦然地迎着
我要迎着朝阳飞向
时光深处

银杏树下

银杏树上
落过的飞鸿飞走了
秋天也走了
满地的银杏叶
曾经的书签

翻过的经年
总是渐行渐远
那些黄色的衣裳
黄色的日历
不再鲜活

如果你刚巧路过
请不要踩踏
银杏树下
黄色的光影
那是我累生累世的光
在寻你

像鹰的那部分

像太阳的那部分
仍在发光
像鹰的那部分还在飞翔
雪山冰冷
野兽横行

只管静静燃烧自己
只管逆风飞翔
孤独且犀利
照透那些黑暗
惊起那些野兽四散
尖锐的喙
啄破黑暗的边缘
露出阳光

不再弹琴

不再弹琴了
我怕唤醒那些梦
唤醒那些水嫩、潮红
这些安抚曲
不太适合变音

不弹琴的时候
用手抚月亮
把那些冰冷的雪
轻轻拂去

手指捻动的每一个诀
和着你心跳
又有云遮月了
我要扒开漆黑的天空
让你看
人间灯火

落雪为念

想念太久了
大雪就会落下来
满腹的事物
落雪为念

落雪片片
要为春天做点铺陈
覆盖贫瘠、荒凉
把世界变成一块玉

玉质冰凉也温润
像你我的胴体
雪来了
就无法分辨
白雪与玉
无法分辨
落雪中的你我

致影子

身体变得越来越透明
影子变得清淡
沉在心底的石头
被一一吐出

影子映在墙上
和人一样完整朦胧
飘起的茶气
斜映的青竹影
相得益彰

如果能长出翅膀
梦就是完美的
梦里那些影子
影影绰绰
像故人

春天还有点远

我在一步步
被你冷却
没有多余的热了
春天还有点远

白雪奔腾而来
我要伸出手
弥漫一个冬天
纯白的冬天
觉得什么都干净了

易碎的雪
正如易碎的心
碎碎念念等着的春天
在冷冰下
淙淙有声

免于虚空

风在吹着
我要怎样才能
免于虚空
风吹过的地方
牛羊毕现

我要在心里
长出高山
这样从这座山
喊到那座山
回声响亮

一阵风
再也吹不动的高山
不再有忧伤
不再有分离

如果天也哭了

乌云越来越厚
风开始呜咽
老天哭了
哭那场五百年前的干旱
哭那些沙枣花

世上的湖都是
上天的眼泪
我要串起这些珍珠
给太阳照着

那些春闺梦里人
还徘徊在远方
老天哭够了
野草长起来
一直到无定河边

如果我能捧着你

如果我能捧着你
那一定是担心你化了
阳光如此强烈
你如此晶莹

你的纯净总让我
自惭形秽
我就做一株草吧
躺在你落下的地方

如果碰巧是一棵蒲公英
我们就一起飞
飞向无人的极地
发出极光

看你的眼睛就够了

我的不安
已经很久了
一汪水
总是泪光盈盈

我觉得自己
眼睛里的水在减少
生活变得干涩
我要靠露珠才能活着

我要源泉不涸的湖
那些深邃
如诗歌
如果怀念一条河
看你的眼睛就够了

做一粒微尘吧

做一粒微尘吧
大地因你而广袤
宽广的大地
不弃微尘

因为轻微
可以飞上天空
落在鸟背
鸟背着太阳
也背着小小的微尘
微尘
闪着太阳的光辉

触不可及

访客

走在河的对岸
仍对河
触不可及
那些翻腾的生活
又远又近

河对岸有晚炊
青青的灯盏
映在窗棂
有人影在灯光下
讨生活

这有点像童年
时光青涩
总想着河的对岸
有人等我
一同牵着这条河
走过余生

我与光如影随形

当阳光穿透身体
深入大地
一切都空了
万物变得通透

我消失在一束光中
变得不可琢磨
我与光如影随形
我照着
奔跑的列车

车厢里
各怀心事的人
搬来搬去的有主行李
我不管那些站名
不管吹过来的
东风与西风

在时光的默许下

一枝花
在时光的默许下
静静地开着
倚着斑驳的老墙

花的根扎入生活深处
品尝苦水、甘泉
饶舌的鸟
在枝头细数过往

花朵开了
花朵落了
云淡风轻的一场空
无从诉说

有人把一种爱叫雨

我要用光暖你
你是浮冰
化成水
还在我怀里

一遍遍把水洒在春天
用春天把命绿透
薄荷雾清凉
有人把一种爱叫雨

一棵树再大
也只能在原地
大地被敲醒的地方
叫做湖
这样的湖请不要唤醒
她会淹没一棵树
淹没一个晚来的春天

如果茶能说话

如果茶能说话
茶炉旁
那些鲜活的面容
一一浮现
许多人来了又走了
走了又来了
茶依旧，人已非

我常想替茶说话
话一出口
便清淡无味
原来茶可以如此深沉
煮过的高山
泡过的江河
都甘愿在一把壶中
静静沉沦

在一个水岸

已过了百花盛开的年纪
蜂蝶飞走了
白云也飞走了
心绪不再凌乱难拢

在一个水岸
不再投入倒影
那些尖塔
早已隐匿不见

在众人呆着的地方
放空自己
忽然觉得
心里放得下的高山
放得下众人
放得下满满的海洋

黑夜降临得太快

还来不及细续阳光
阳光有了睡意
总是在不经意间
黑夜降临得太快
人们开始变得慌张

怕被黑夜吞噬
那些亮丽的、美好的
来不及呈现
黑夜不是恶神
只是安心的被子
盖上它
灵兽与心光
一同归来

自己也要被丢掉

心开始清净
身体变得轻盈
多余的
都被丢掉
自己也要被丢掉

飞过的一堆石头
这些前世
还是那样沉重
我要骑白驹
我要喊出那些冷泉

要在最高的阳光里
晒那些痛
晒那些芨芨草
我不在东边
也不要在西边

饮下所有的余温

当太阳落山
我要饮下所有的余温
让身体暖着
灵魂暖着

太阳不知道
寒夜肆虐的样子
不知道
夜晚也会开出花朵

身体里的余温
无限蔓延
我要穿越夜的底部
让一片冰冷的海
慢慢暖和过来

当沉默成一座高山

你要的都给你了
青青的枝头
清冽的甘之泉
和煦的春风

往后的日子
我要攀登长白山
渐渐独行
惯看落叶与白雪
看雁的飞羽
带着远思

当沉默成一座高山
收拢凝重的晚霞
遥远的星星
都来归林

从雨天到晴天

从雨天到晴天
仿佛一生的距离
心里的江河
越流越缓

我要暴露在阳光下
升腾成散的云
漫无目的地游荡
所谓的天涯
不过是云去过的地方
月亮在此沉沦
黑夜在此
开出一世的花朵

我要把太阳放进去

把天空打开
才能游刃有余
我要把太阳放进去
白鸽放进去

水中倒影
也是天空的正面
曲曲折折
仿佛乱了方寸

水天一色的时候
鸟在飞翔
鱼也进入高天
太阳藏在云朵里
生怕惊了它们

致小雪

秋风已渐式微
飘洒的小雪
如约而至
我被困在原地

来时和将去的路
一片茫然
小雪进入了我的身体
清理着半世的尘
目光所及
每一朵雪花都像我
半生的清白
昭然于世

时间修辞

忽然间
悲从中来
仿佛所有的叶落了
心就空了

台阶湿滑
屋檐不停滴下
密密的泪滴

鲜衣怒马
恍若就在昨天
时间总是
不急于修辞
然后就变了模样

那些模糊的嘴脸

手指
夹得住香烟
却夹不住火星
这多美好啊
香烟冒着火星
手指没有丝毫痛苦

光越来越瘦小
在黑暗中
忽略不计
被烟笼罩的嘴脸
含含糊糊

每个人
不过是一支香烟
那些手指
那些模糊的嘴脸
在时光里
若隐若现

我还没想好

我还没想好
秋已渐深
路过的人都杳无音讯
路上的石头
还很多

脚停不下来
嘴巴逐渐沉默
山躬不下高大的身躯
路的拐弯处
无人指示

进入身体的炊烟
无法散去
未来的云雾
渐近渐浓
我要做那场雨
在春夜润物无声

爱一个人的时候

访客

爱一个人的时候
通常都会迷失自己
无一例外
宽阔的爱河
浮浮沉沉

我的名字
只让你呼唤
在下雨的街头
腾起的雾
覆盖我的前世

花儿尽情地绽放
然后甘愿坠入凡尘
是怎样的凡尘？
令所有的花
这样奋不顾身！

生活的舌头

太多在夜里隐忍的花朵
人们在卷着的舌头上
讨生活
要十分小心那些牙齿
那些生活里
硬的东西

孤独时
伸着舌头舔月亮
把那些清寒吸入体内
心里熊熊的火
渐渐熄灭

用舌头舔
打翻的五味瓶
舔寒冬里第一片雪花
舔遥不可及的
那个自己

梦的味道

我的梦包罗万象
不像那些纯色鸟
也不用等帐子黑下来
才去回味

要试着做一条巨蛇
盘踞在你的必经之路
你也可以把我
看作藤蔓
软的东西缠着山的脊柱
我要粉碎那些硬的
让你的来去之路
绵软舒畅

海边偶想

我站在东海岸时
波涛和行人
都是过客
所以我
不和大海交手

不再挥霍
身体里的花朵
我要慢慢地爱着
不惊起海鸥
不捡拾那些贝壳

我要重叠你的脚印
在落日余晖里
歪歪扭扭地
完成那些高低音

我在等待一场雪

经年以来
我是错乱的
经常被念头带走
我是山头站着的青鸟
我要回到我的位置

马蹄声再急也与我无关
心中的战事早已远去
枝头的叶青了又黄
我在等待一场雪
只有这样的洁白
才能善待我的过去
把我包裹成
一件雪中的圣物

一切，不多不少

走过了很多时间
还觉得时间还很多
这块石头
被多次敲击
留着的和掉下的
都还在

身体里的江河泛滥
白天开着的灯
照着自己
突然想起
身体里开过的花朵
凋零的落叶
都在磅礴的大地上
一切，不多不少

长短句

只有在深夜
不动声色
你知道我的眼前
一片漆黑

那些在黎明
才开启的缝隙
用尽一生的光芒
原来这世界
有花、有海、有你

止不住
长吁短叹
风雨、落花、泥土
都在说话

对于未来

如果能平静对待黄昏
黄昏的美
便是入骨的
对于未来
不怖、不畏
像春风拂过荒芜

所有的山
都静静卧着
像倒扣着的陶罐
旁边流着覆水

茫茫的人世
放在河水里
月亮
放在河水里
你的面容
也要放在河水里

一个生动的闪念

一个生动的闪念
天就亮了
枝头也亮了
群鸟披着太阳的光辉

浪尖上布满珍珠
你爱喝的咖啡
如云雾缭绕
嫩芽缩在秋果里

我用两个透明的杯
冲泡未来
面对面的两个人
双手握着
今生的沉浮

我长在向阳处

在众树中
我不是最好的一棵
我长在向阳处
呼吸着那些雨丝

我脚下的石头
是吹不走的
不像我们的落叶
弄得满世界都是

自从有了小径
有了人
我变得有希望
满地的落叶
总有一片跟她回家
夹在她最喜欢的诗句里
她的森林
从此住进了我

你的颈纹还在

你的颈纹还在
绳索还在
断断续续地生活
一面回忆
一面忘却

走到了生活深处
绳索如影随形
有形、无形的绳索
就是生活本身
有时挣脱
有时又被重新套上

写给铁蛋

我叫你铁蛋
因为你是铁做的
黝黑里泛着蓝色的光
你碰过的石头
你犁过的地
那么深刻

你是笨重的
你也是尖锐的
表里如一
你用自己的硬
在暗夜里
碰出耀眼的火花

我要用七分热

我的底线
雪只能下三分
我要用七分的热
包围它

春柳也要一起飞絮
像雪花般
掩饰那些乍泄的春光
不要说远离
你卷起一场雪
赠予月光

凡你到之处

凡你到之处
皆是清泉
我要的不多
我只要一条清的河
流过我心

我要清香与光泽加身
看那些石头
被流水搬运着
我要在水里长出玫瑰
长出和平词

有一阵子
我把自己当成一滴水
混入无边的涛声
我知道
今后的日子
不再平静

心里开着的那些花儿

心里开着的那些花儿
确定还是完整的
我不能随意归纳你
世上已无准确的语言

这些年
肉体是鲜活的
诗歌还是鲜活的
鲜活的事物
总是让人眷恋

不舍的春天
已经舍了
饮过的朝露
还在腹中
一朵花的最后一瓣
从容地站在枝头

霜降之后

霜降之后
肢体变得麻木
田禾覆上的白霜
若隐若现

每到这个季节
心开始变冷
挂霜的舌头开始粘连
无法唱出的歌谣
滞留体内

体内的河变得安静
仿佛累瘫了
这样的河流
也开始渐渐泛白
开始失去它的咆哮

婉约词

听细雨走过的声音
细雨踩着一颗心
不要说疼痛
细雨不过是细长的线
每个人都情愿
作茧自缚

风总是那么性急
不经意吹散心里的云朵
心里没雾的时候
那些高山显露出来
梨花显露出来
我寻找你时的脚印
显露出来

星星亮了

天黑得像锅底一样的时候
星星亮了
月亮也亮了
微弱的光
抚慰着种种不安

不要与黑暗妥协
要把透过窗户的光
引进来
这银白的光
我要轻轻地枕着

你怎么想象一只鸟

访客

你怎么想象一只鸟
飞出牢笼的样子
想象深邃高远的天空
海天一色的底
折射翅膀的阴影

与风做一次对抗吧
柔软的羽翼
化做白云
白云长了翅膀
自由得像一只鸟

掬星台

我建的掬星台
高不可攀
双手掬过的星星
还在手中

这些遥远高冷的星
如此贴近手心
我跟这些星星幽会
说说星星的话
我知道
只有被星星拖曳过的天空
才是完美的

你看不见我

我要把冰冷的句子
一个个拆散
指尖滑过
温暖弥漫开来

这常让我想起
那些冷月、冷山
冷言、冷语
在我怀里融化
然后赶往时间河

把云彩吹空了

一想到秋季
满脑子都是沉甸甸的
再骄傲的谷穗
也低下它的头颅

秋风猛烈地刮着
把云彩吹空了
好晾晒这满眼的收成
麻雀来了
仓鼠来了
黑夜也来了

我要有多硬

我要有多硬?
才能成为钢铁
岁月的石头
才能被我碾碎

碎碎的石头
只是红尘的一部分
等着被雨后落花染红
钢铁也被埋着
红尘里
长出花朵
也长出坚强的脊梁

如果我没有来过这个世界

世上有的千般好
我要细细体会
如果我没有
来过这个世界
就无法分辨
人心的浅薄与深情
百花芬香与清澈的你

忧伤时那些雨
总是滴滴落在心里
心里的江河
渐深无声

晴天时
血液里那些飞翔的雄鹰
呼之欲出
我喜欢那些白云
抚摸天空的样子
就像我在轻轻抚摸你

哦，说寒冷为时尚早

秋天刚刚上路
哦，说寒冷为时尚早
为冬天准备的刀子
还在炉膛

拢些落叶吧
它们是秋的坟堆
不是把果子放在火上烤
它们也会被消化

人们忙着歌颂秋天
秋天，却在不知不觉中
从容躺下
她将忽视那些冬天的刀子
将自己交给那片
雪白洁净之地

等待一种馈赠

地上的裂痕
等待一种馈赠
有些地方
不老、不去

芍药花拥挤着
在枕边摇摇晃晃
显然一切都不过是
小悲欢

带着清香的名字
总是用尽全力
也喊不出来

不要去孤独

不要去孤独
不要像鹰那样
享受寒冷

天地太过辽阔
有时要做一头羊
随群逐草
跟白云一起去流浪

你不要去数星星
这些天上的流浪儿
都会对你眨眼睛

我要向你展开一条河

我要向你展开一条河
你在这头
我在那头等你
秋天来了
你会随着秋叶前来
那些心里的船
沉沉浮浮

这不是大洪水时代
你是那么完整
太阳高调地照着
对于这条河的一切
不做评判

今生，我要做一条鱼

我跟着你
说下雨就下雨
说晴天
天就晴了

我要多准备些海
把星星、月亮
放在里面
饱满的海洋
就是我的童话

潮水从眼前泛起
今生，我要做一条鱼
用背鳍划着你的名字
就这样沉在你的海里

芦苇秆是空的

芦苇秆是空的
才能吹出秋天的声音
最后一批大雁
飞离草荡

前半生虚实参半
既有响声
又缄默不语
见惯了多少刀枪剑戟
才会如此沉默

思念你时
捎一个芦哨吧
吹一段巴山夜雨
吹一段雨打芭蕉

我，触不到自己的存在

访客

一片海足够辽阔
我，触不到自己的存在
在海洋里
我要扮演一滴水
无须隐晦
如此的素静

我在海里喝酒、打坐
抵御狂风暴雨
也让鱼吞来吐去
我展开星空
就像展开她的身体
我为她寻找有光的月亮
生怕她在暗夜里
黯然神伤

一面镜子

我想看清自己
一面镜子
如约而至

看脸上的麻麻点点
心里的沟沟坎坎
刀砍的皱纹
一目了然
镜子后面的花红柳绿
莺歌燕舞
使我怅然
我摔碎了镜子
我也不见了

一次合谋

空虚是没有形状的
从西藏回来时
心里都是实的
雪成为身体里的液体
不要与暴雨
一起出现

格桑花已经太美了
做一次蝴蝶吧
与格桑花合谋出春天
把花朵从心里
溢出来
成为我爱你的理由

最接近秋天的人

秋天不知我
从何而来
只管敞开身体

面对这样的眼花缭乱
我口齿不清
肥绿的夏季
就此别过

急于剥开玉米穗
这金色的玉
将挂满每个院落
复饮的甜酒
风般穿透身体
最接近秋天的人
已滑向暮色

矜持不是我的

矜持不是我的
我趁着黑夜撕开自己
裸露仅有的光

只有下雨会让我疼痛
被淋湿的光
不知所措
要么难堪地活着
花朵被吹进身体里
吸吮着那些光

如果怀念一条河流

如果怀念一条河流
就不要在解放路徘徊
不要在忧伤中躲闪
那条河流经过的地方
就是我们的青春

竹尖上的雨滴
经卷里的水
也是河流的一部分
我住在河流里
听不到你的敲门声

希望你也这么想

秋叶的凋零
带来一种落寞
成熟的果实也走下枝头
这是剧情的尾声
在没有被雪覆盖之前
一切都在喧嚣

秋水泛波
凉意涌上心头
越来越惧怕单纯色
讨厌暗夜
如果能抱着太阳入睡
醒着和睡着
心都温暖
远方的你啊
请熄灭一切灯火

一个平常的下午

一个平常的下午
手指轻拂蒙尘的窗
这些尘埃
妨碍着我的视线
我看不清外面
也看不清自己

那些车水马龙
被弱化
房间里的自己
模糊不清
期待老天的眼泪
为我冲刷厚厚的尘垢
又怕灰尘擦干净后
真的认出了自己

一个不确定的人

在秋天到来之前
我还是一个不确定的人
一切都未成熟
大雁还在遥远的北方

河水里泛起涟漪
鲤鱼打着挺
芦苇荡里
阳光荡来荡去
我眯起眼
看着这满眼的金子
铺满眼眶

在心里开过的花儿

许多年来
在心里开过的花儿
还如当初
你还在初春的山坡
向我招手

我习惯用城
围着自己
故作轻松地打量来路
那些路被雨湿了
那些花就躺在那里
静静地打量我

那些书卷

访客

高楼静默时
那些书卷
已经开始泛黄
不再有喜悦、墨香
开始蒙尘

总是回想起
田野新鲜的行垄
在雨后
透着朦胧的欢喜

多少脚印踏在路上
又悄然消失不见
秋风已完成了拾荒
仿佛一切
都已不再存在

夜　色

突然喜欢，离群索居
这样可以把折扇
放在月光下
空白里
月影婆娑

或许，再靠近些
夜来香
就会释放她的香味
给夜带来
一丝丝念想

被阳光刺痛过
就在夜里
谈那些曾经的丰满
以及现在的
空无一物

做个温暖的人

身体温暖
言语也温暖
今生
做个温暖的人

木柴与世无争
被静静燃烧
暖透那些
僵硬的身体

在秋天
在寒风、冬雪
都要火一样存在
温暖而安然

你在我嘴里

多少年了
你在我的嘴里
还如当初
我必须保留你的纯真

我嘴里
五味杂陈
咀嚼过的人和事物
烂在心里
而你还是那么完美

我嘴里的山、海变了模样
我要把你从嘴里掏出来
把我们从时光中掏出来

陪灰尘说话

很多时候
我们都喜欢干净的事物
我每天挥起手掌
打扫自己被弄脏的身体
然后陪灰尘说话

感谢灰尘落在我身上
陪我度过的时光
一起孤独
一起行走说话
灰尘不说话
任我扫落在地

失语症

我必须保持安静
怕一开口
便引来狂风暴雨
于是想起
鲁滨逊的荒岛
想起失语症

一个人失语的时候
没有外来的对抗
没有唇枪舌剑
夜晚的时候在草榻上
看到满天星星
无声地向我飘流

眼与湖

你的眼神为什么忧郁?
湖水不再清澈
湖水承载了太多风雨
太多落花
沉积在深邃的湖底
风吹过时
只有小小涟漪

湖水依旧倒映蓝天
鸟雀自由飞翔
我看见我的身体
在云被子里
若隐若现

请你勿念

一切都在路上了
秋叶开始飘零
想到冬天
我开始小心翼翼
那些寒战
由心里泛起

你给我带的行装
完好无损
叮咛一直在耳边
前面的山水
已成定局
请你勿念
我的路还远在天边

那些站名

人生的列车无法回头
那些站名
径直甩在身后
曾经辉煌的站名
落寞孤寂

我们要遵循某些指令而行
欢喜和悲伤都在心里
路过的鲜花和风雨
一面闪现
一面忘却

一切都是你的

我不过是
正好吹过的风
羊群是你、星空是你
一切都是你的

我吹过来的时候
百花正艳
我不是上帝
却能感受到你的心跳
我荡涤人间哀愁
我喜欢
你做的风铃
在我路过时
轻轻地为我摆动

走着走着，忘记了自己的名字

对于磅礴的大地
我的名字微不足道
我喊不出每颗星星的名字
每个行人的名字
我像草，又像一粒沙

我被风带到天涯
走着走着
忘记了自己的名字
你不要叫我鹰
不要叫我曾经的名字
我怕我的翅膀
在清晨
徐徐漫过天际

复活岛

每个人心中
都有一座沉在心底的
复活岛
把爱放上去
把命放上去

金子般的日光
用来复活
每个清晨来临
都是一个复活节
我把复活的权利交给你
把复活岛的钥匙
交给你

清秋有信

时深，夜寒
清秋有信
此刻如约而至

街道冷清
梧桐叶
无人踩踏
风吹过
似乎翻了下身

它把秋天
翻给你看
把自己的一生
翻给你看

走着走着，天就亮了

夜太过漫长
山路崎岖
要同月亮一起呼吸
与山脉一起跳动

走着走着，天就亮了
我喜欢的鱼肚白
出现在天际
我要向太阳投诚
于是
太阳收留了我
我的身体
闪着太阳的光芒

临春河

临春河
不靠记忆活着
随潮水涨涨跌跌

红树林里的候鸟
并不永恒
随着食物南迁北往
大海太过深厚
一条河
静静流淌的时候
就离海不远了

我的雨始终没有落下

我知道
一场秋雨，一场凉
我的雨始终没有落下
我徘徊在云层
你的唇
无法吻到

我孤独地享受一片天
你无法看透
我的喜悲
一场雨的前夜
怎样的悲哀
才能大雨滂沱

落日引

我要多么庞大
才能盛放
心里的太阳

我要腾空身体
用来盛放海
把太阳般的你
放入海里
看你静静地沉入
我温柔的心里

你看，丢弃的信物

是的，还有一段风月
未解开
那些迷茫
像无边深井

很多时候
我们只追求结果
而我着迷
一段段的过程

有些概念被偷换
比如水与舟
你看，丢弃的信物
在弱水中
就这样起起伏伏

我要的不多

世界太丰富了
我要的不多
白天收集些许阳光
以备不时之需

要让灵魂安住在肉体
每天寻找水和食物
在乡野，也在城市
夜晚来了
我仔细过滤一天的遇见
星星和你
都是我最喜欢的

恰好你是海

不是因为
喧闹的鸟儿飞走了
才陷入孤独
心越澎湃
就会越孤独

我在月亮上
引领大潮
把岁月化成
碎碎念念
恰好你是海
是我身体的全部

伤口隐蔽在黑暗中

夜色里
有被幽闭的感觉
黑色的幕布
千篇一律

又总被
心里的弯月割伤
伤口隐蔽在黑暗中
无法辨别
无人认领的黑幕
也是老天的另一个面孔
我要保护好我的名字
供太阳召唤

我要听你说

我要听你说
你的那些乌云、闪电
听你的倾盆大雨

我要听你说
你的那些花朵
那些蜜蜂、蝴蝶
在你心里酿出的蜜

我要听你说
映在心里的那个影子
悄悄地
带你回家

的确，在你的语言中

访客

的确，在你的语言中
太阳西沉了
也是美的
人约黄昏后
我可以有无限想象

柳条只是黑夜的长发
怡然地飘着
等着月上柳梢头
我随月光翻墙而来

下辈子第一个遇见你

我要触摸你摸过的石头
进入你戏过的水
那些山歌还在水里
倒影也在

我要在水里记住你的模样
记着你的莲花
你剪的窗花
还贴在西窗棂
那些火红的心思
把我的心已经镂空
如果有来世
下辈子第一个遇见你

我要把日子撕成两半

我要把日子撕成两半
一半用来行走
一半用来想你
想你时天就黑下来了
黑着的时候
看天上像你的星星

你在星星海里
对我眨眼
我活对了一半
也爱对了一半

云水谣

每朵云都在说话
相聚然后分离
每朵都是随心所欲
风来了，雷来了
心思变得浓重

我的闪电在万里之遥
青草地开始安静
我怕你的一阵风
就大雨倾盆

孤独的五味瓶

看着餐桌上
孤独的五味瓶
与我对影
如果时光能打翻它
我将尝遍人间
应有的滋味

来往的人们
跳跃着的灶火
都为人间的一番滋味
我守着五味瓶
怕在深夜里
被人打翻

海棠花未眠

夜深了
海棠花未眠
她在数着自己的星星
数着半世的芬芳

是花总会落的
她不在乎花落谁家
在如水的夜里
与月光辉映
她是有主的孩子

一个人的战争

没有多少仗可以打了
只剩一个人的战争
枪炮刀枪
都要对着自己

那些荒芜的高地
反复拉锯
现在的自己对阵
过去的自己
曾经的铁甲肥马
已然不见
一个人的战争
也要允许自己的未来
浩浩荡荡

荷花深处

都说荷花深处
无法望穿
你无法看清成片污泥里
那些清白

露珠打在荷叶上
其实是上天的眼泪
他知道
所有花都开在
污浊的泥里
不能自拔

我隔在你的对面

那些透明的玻璃窗
那些时间海
我隔在你的对面
看你的时候
花就开了

我的藤蔓悄悄爬向对面
任阳光从天上走下来
走入心里的时候
我的身体也发出光芒
破窗而入的每枝花
都是我的念

我的歌声，你是听不到的

越是贴近大地
越听不见我的心跳
我承认
所有的风都是我呼出的
山是我吐出的
我不怕你来寻我
我的歌声，你是听不到的

我要跟万物一一打招呼
也是跟自己打招呼
我的胸膛还没有全部打开
那些体内漏出来的光
不动声色

云的心事

多数的时候
被云带走
在云里的时候
心变得柔软
我帮大地擦拭污渍
在往事里起雾

一生的清白
有时也陷入乌云里
我用雨声回应
身体里的焦渴
又把遮盖过的石头
晒在日光下

如果花能对折

大多数的时候
把一朵花当做信
看花的时候也是看你
我要在一朵花里
慢慢行走

这样的游荡
漫无目的
你的红加上我的
给太阳照着
我常想
如果花能对折
我们便能拥抱在时光里

晴天的时候

大多数时候
在某个特定季节
生活的雨水
占据所有日子

晴天的时候
又要哀伤那些
跌落尘埃的过去
晴天
就要翻书
看巨人般的太阳
翻看每个人
翻那些人性的无字书

打铁的男人

打铁的男人
通常是沉默的
他打的铁栅栏
有时也拦住自己

心里没有太多水了
这些水用来淬火
那些掉落的铁屑粉末
还在相互拉扯
不肯认输

一到夜里，就想太阳

一到夜里，就想太阳
想那些暖红色
那些热烈的光芒
那些融化的冰
滴成海洋

人们在太阳下
劳作、喧闹
补足身体里的钢铁
太阳让钢铁更硬
避免伤口裸露
避免被柔软的夜色
生生淹没

在流水坡

在流水坡
我一面放任流水
一面筑起堤坝
水深了
变得安静

我把这些水
流放在月光下
做她的镜子
看她静静地梳妆
看她沉入水里

一幅画的顺序

一幅面的顺序
先画看不见的灵魂
再画合适的外表
画一座山的高下险峻
一溪流水似玉带般缠绵

风是笔
人间也是笔
我在市井里画自己
跟青菜、萝卜放在一起
握过别人的手
凭手心里的温度
也用来画自己

我偷偷地改了名字

我怕呼唤我的名字多了
身体里的山河、花朵孤寂
河流失去声音
我偷偷地改了名字

山峰高耸
半生开过的花
形成海洋
墓碑上从此找不到
我的名字

你来看我，好吗？

四季终将逐个过去
烦恼也一个接一个消失
这是我最纯净的时候
没有碎碎不语
心里的莲次第开放
门窗不再设防

窗前的云踱来踱去
寻找干涸之地
你来看我，好吗？
带着你的风雨
来六月末
来莲塘

我像一块石头一样缄默

石头越大
就会越缄默
越能容忍
周身刻满文字
长满青苔

石头的内部
纯净而且坚硬
不谙外面的风雨
人和石头不能对话
石头与石头
隔着薄雾
然后彼此缄默

你眼中的乌云

你眼中的乌云
还没黑透
黑透了
泪就下来了
心就清亮了

乌云走了
眼里只剩湖水
只剩清澈
你才能看透
所有黑暗的东西

写给自己的诗

很多年了
写给自己的诗
沉在黑夜
散落在喧嚣的路上

我的翅尖划过天空
划落满天的黄叶
黄叶落在沼泽
半世的泥泞
念念有词

你许的清欢

访客

在烟火味浓的地方
你用过的杯盘
还在那里
你许的清欢
吐气若兰

如果清欢
是溅落的烛泪
沉浮的新茶
抑或是
古曲觅来的知音
你许的清欢
就是我的全部

我把月亮咬成弯月

月亮太圆满了
每个月
我都要把月亮咬一次
让月亮有了
阴晴圆缺

齿痕依稀
彰显我的力量
我咬掉的部分
是流星雨
也是一座座高山

透过一汪湖水看你

许多年来
内部的潮汐
时圆时缺
透过一汪湖水看你
看你的融化过的
钢铁与云朵

你的湖水
让我骨骼丰满
让我生成适合的牧场
牛羊、白云、马匹
惬意地流浪

你爱或不爱我

因为宽阔
就有了清的、浑的
你不要去分辨
供蝴蝶出入的墓已经太少

都知道
雨藏在云里
蜜蜂在寻找花朵
你爱或不爱我
雨还会一直在下
你窗外的花朵
仍自顾自地在开放

把你种在牙齿里

我要把你种在牙齿里
你的硬加上我的
可以嚼碎坚硬的日子
白天呆在柔软的嘴唇里
夜晚一同磨牙

太阳太烫
月亮太凉　我们把嘴张开
滚烫的、薄凉的
都要轻轻咽下

允许被轻描淡写

我不能认为
那些细浪是你的
那些成熟的麦穗是你的
甚至泉水洗过的马蹄
也是你的

这些无主的事物
要允许被取走
允许被轻描淡写
允许那匹马
踏着青草、落叶
永不回头

河里写过的字

河里写过的字
要还给河
我要写
从河面到海的长卷

写那些渔夫与落日
写竹林浣纱
青荇茂盛的水底
鱼虾搅动的沙粒
也要一一写过

我要不着墨痕
无论水里
还是心间

向自己开刀的人

要用岁月的刀
斩断蓄了一世的烦恼
去雕刻在心里的
那些桃花、巨兽、妄念

用阳光在身上摩挲
看掉下的落木
充斥城市、田野
刀光闪过
自己内心从此
寸草不生

我要你把我的一切扔掉

我要你把我的荣誉、勋章
我的肉体、灵魂
我的前世今生
通通扔掉
扔在时间海
扔得没有痕迹

我其实只是一阵清风
吻过大地、石头
在一个人
心海里吹起过涟漪
我来时
是一阵风
来时
又没吹过谁

说着，说着，泪就咸了

说着，说着，泪就咸了
海也来了
清愁的指纹落在竹尖
不确定的瓷器
正在窑变

咸的记忆
源于贫穷、饥饿
我煨好的海水
再也不会泛出咸味

月亮只有碗口大

月亮只有碗口大
所以黑夜朦胧
高山弓着黑脊背
河流发出轻叹

我的茉莉花正在开
我的藤条捆绑着夜色
夜色不要散开
散开了
碗口大的月亮没了
我将陷入饥渴

透明的玻璃杯

你透明
所盛的东西才会透明
黑的、黄的
一目了然

透明的东西
适合放在阳光下
才能折射本身的颜色
有色、无色
都是心里所想
透明的玻璃杯
一无所知

一个干净的词

即便是肮脏充斥
我也要一个干净的词
用来覆盖身体
干净的事物
总是招人喜欢

肮脏通常在地表
心往上举
空气清新怡然
我发现了
干净的新大陆

诗人在身边

开始表情轻松地
望着彼此
诗人在身边
我却没看他的诗
其实
我看他就够了

有些人
总如诗般
朦胧又具体
他们佩戴刀剑
又风轻云淡

他的双眼
收容过大海、高山
也曾在
一朵花里栖息
如昆虫

人间的样子

人间的样子
应该没有杂乱
没有一城一城的思念
雨打在窗棂上
没有声响

黑的时候想着白天
白天的时候想着黑夜
四季打着圈
青丝泛滥成银丝
一头的银丝
不过是逃出了黑暗

我要为青枝，选一个合适的花瓶

我要为青枝
选一个合适的花瓶
连同你的阳光
你的风雨
放在花瓶里

为你去除多余的部分
放下一世的担心
变成静物
陪我看窗外的阳光
窗外的风雨
看满树的枯叶变成海洋

一封表白信

表白信
通常是私密的
心里的那些雨滴
润物无声

眼看着山的肋骨丰满
花朵闪着俏色
青色在大地流动
我像落日
跌入你怀中
未说一声爱你
就被浅浅的夜色淹没

雕花的浴缸

雕花的浴缸
一生的花都用尽了
这些花用来浸泡
半生风尘
在花香中闭眼看世界

窗外的雨是过客
发出声响然后坠入红尘
浴缸用来洁净身体
雨用来荡涤灵魂
浴缸的世界
只有自己与窗外的风雨

如果诗句能覆盖忧伤

忧伤总是难免的
就像黑夜
光线一点点被吞噬
心缩在房里
外面风雨交加

如果诗句能覆盖忧伤
诗句就是太阳
太阳会让身体的黑暗褪尽
伤疤褪尽
过往褪尽
露出童子之身
露出洁白的莲花

雨大了，心会填满

突如其来的雨
知道我的渴
雨大了，心会填满
大潮淹没已知的一切
那些种子膨胀

不要期待雨停
雨断了
思念也断了
我在窗前听雨
雨隔着窗
听我的心跳

为自己重新命名

前半生的烙印太深
我要为自己重新命名
比作高山
太过唐突
比作庞大的河流
过于浅薄

我在一粒尘埃中
寻找自己
尘埃是稳定的
不膨胀
也不自弃

在山顶看日出

在山顶看日出
日光给我披上光环
森林里的动物
看着我
我在云雾里浑然不知

我只看远方
看我海里的倒影
那些光
只是太阳的
太阳只管普照万物
然后忘却

心里的那些沼泽

清风明月、高山大川
心里的那些沼泽
因你的渺小
而忽视

一朵朵的鲜花不是你
片片云朵不是你
生命的片断
身体里的风雨
轻轻漫卷
就像无名氏

听众生，很远

我大声歌唱时
听众生，很远
好的歌
只唱给自己听

有些歌
从心里流淌
在月光下熠熠生辉
流经的每寸土地
都活过来

不知你的名

你的笑容带着光芒
温暖而从容
眼眸拂过的地方
山川秀美

不知你的名
我怕一开口
就会沾染烟尘气
怕一个名字
从此
被我咬着不松口

一切都会下落不明

人潮过处
都已下落不明
没人关注
被扔掉的老照片
一片墓地
静静的
仿佛一切都没有来过

树林青翠
鸟兽下落不明
我知道
太阳下山后
也会下落不明

天越阴沉，心越明亮

有很多时候
白天也会阴沉
天越阴沉
心越明亮

我的明亮
没有参照物
没有咄咄逼人的光
一旦出现
自己的世界
豁然开朗

出于光而为光

你要相信一束光
等于相信自己
相信炽热
炽热的
就是造物主

出于光而为光
照着一座孤独的山峰
那些积雪
簌簌而下

繁华是荒废的开始

你要敢于承认
繁华是荒废的开始
梦里的大唐
已深埋荒野

我们用洛阳铲
打探盛世的美好
苦心回溯
歌儿舞女的酒肆
胡旋舞过后
荒草　满史籍
只留下
真伪莫辨的当下

你要不断地修复

你要不断地修复
让月亮阴晴圆缺俱足
高山的残缺
锯齿状的不安
用地平线淹没

我不断修复自己
缺心补心
缺肺补肺
让一具肉体看起来正常
心里的山河
四季如新

只听自己的心跳

触摸过多少泥土
就会变得多深厚
海在厚土上

世间百味
不过是泥土加上你的
如果你是一块玉
就不要时间的雕琢
静静地躺在一片土里
只听自己的心跳

西湖访东坡先生不遇

我们只是想
在对折的时空中
寻访一个人
假如西湖如旧
苏堤如旧

我从儋州来
带着海的消息
四月在湖边绿柳里
与你欢言论道
酒浆在心头倾翻
酣畅淋漓地倒在红尘里

我知道你只是
沉醉在笔墨里的独客
在宦海里、风尘中
深情地活着

你看到什么，就长出什么

看到田野
就会长出庄稼
野生植物
如海洋般汹涌

山峰高远
大树叠翠绵延
野兽皮肤外长出皮毛
用以隐蔽和抵御
我要出现在巨人部落
手里轻轻捧着
一片山川

写到那里，那里就有雨滴

我首先要写沙漠
写戈壁滩
我写到那里
那里就有雨滴
因为
我的心里全部是
水草丰美之地
我写饥渴的人群
写一个人应有的水系
无数的江河
也许都是我写出来的

窗前的木槿花

谁把木槿花
栽在了窗前？
让我看她
一朝一暮的喜悲

短暂且热烈
她不刻意为谁开放
毫不介意
你闭上的眼帘
木槿花
在人间剧场
静静地花开花落

离故乡多远，心就有多痛

在海这边漂着
对着遥远的北方
用方言说话
这样离故乡近些
很多时候
迫不得已只是一种借口
你离故乡多远
心就有多痛

窑洞前的梨花每年盛开
又结出预料中的果子
而我的一切
却永远存在一种未知

你听到了我的心跳

相隔千里
你听到了我的心跳
因为你的安静
这一点
像不起波澜的湖水
像放在时光里的静物

心越安静
越能感受我的狂野
我把甘霖注入
荒凉的沙漠
注入同一段
稍纵即逝的时光里

看时间怎么说

我要静下来
看时间怎么说
晚霞微醺
在高峰上晃动

很多事情
总让人琢磨不透
黑幕升起来
我们都被蒙在里面

往事影影绰绰
黑白难分
是的
天一破晓
万物才能重生

没有什么是我的

月亮不属于某个人
也不属于我
照过创世纪
照过古人
也照过黑暗中的挣扎

人们说的花草
也不属于我
而我终将属于她

在最美的心境中活着

很多人讨论
眼睛所及之处的风景
不像猫
只倾听某些线索
动机单纯

眼睛看到的美
无法永驻
把一切美藏在心里
你吐出的莲花
发出的清香
都是一种事实

我骑在时间的背部

访客

走在时光里
影子被斜着拉长
我骑在时间的背部
一路丢弃影子

如果没有影子
就只能是黑夜与雨天
我会俯身
放平自己
让心里的太阳
骑在我身上

爱过了,就安静了

爱似篝火
热烈、狂野
燃烧着暗的夜
一场风月的对话

爱神操纵
一场人间游戏
月落星沉时
雨落了
火就安静了
火灭了
心就安静了

一本书的开头与结尾

我要让潮水退回体内
不要让思绪泛滥
那些接近秋天的果子
要熟在心里

我要抹去沙滩的脚印
让一切变得模糊
分不清彼此
靠体温感应存在

一本书的开头
油墨新鲜
那些雀跃的日子
住在每个章节
而结尾又像秋叶
逐渐淡化在
消瘦的文字里

镜子落雨也落雪

镜子落雨
也落雪
青丝到白发
都在镜子里呈现

镜子的岁月
每日有雾有晴
有生有死
有花有水
若打破一面镜子
便不再担忧
不再对镜喟叹

不要拆我的诗句

春天是如此完整
不要划分她的时序
每一滴春雨
都是贵的

不要拆我的诗句
不要拆这些
春天花儿的血肉
她是完整的
我就是完整的

最美而忧郁的部分

都说春天是暖的
所以不必为它洗澡、穿衣
能裸露的
都要裸露出来

从心里生出的嫩芽
是绿色海洋的前奏
落了的花
匍匐在脚下
也是春天
最美而忧郁的部分

当我想写诗的时候

当我想写诗的时候
心变得如水般柔软
这般的柔软
才可以包裹整个世界
让一切变得透明

我在水中吸氧
无法顾及其他
变得纯粹
不过是一个人
一条鱼般地活着

我坐在窗前读阳光

我坐在窗前读阳光
读神写给我的信
千丝万缕的光
如丝线
我在时光的织机上
织出神的模样
我的模样
一切都是神和我
喜欢的样子

花在花海里

通常暴风雨来临前
一切都是静默的
那些狂躁
浑然不觉

花在花海里
人在人海里
一切如常
我们敌得过
突如其来的风暴
却敌不过
内心汹涌的狂潮

我摸着一片海

风把我的灯笼吹了
黑暗瞬间来临
我分不清夜与海的界线
我摸着一片海

深海里的鱼
大多数没有灯笼
也像我一样活着
在神话中
我摸过海
也会变成鱼

明亮又充盈的表面

我向世界展现
明亮又充盈的表面
用它映照别人的山水
看别人的喜乐

如果明白充盈不在表面
看到的与自己无关
习惯白天
也习惯黑夜
习惯站着与人说话
那就做一面
若无其事的镜子

孤独的抒情诗

没人关注
一串迷失的脚印
没有人把最高的山峰
埋在心里

于是山是孤独的
加上我的孤独
便成对影
影子不是掠食者
没有刀剑
没有自诩与诽谤
纯粹得像极了
一块不善言辞的石头

如果绳子不打结

如果绳子不打结
有些东西会散掉
如某些牵挂
某些关联

无须解开什么
生活中无数的死结
是人生的一部分
我们习惯这样结绳记事
用来标示痛楚
标示一天的开始与结束

当枝条绽出花蕾时

当枝条绽出花蕾时
蜜蜂醒了
蝴蝶在路上
人间略显忙碌

人们忙着四处打卡
吞咽着苦水
有人开花
有人跌落下去

我曾妙不可言

访客

没有人会关注一滴水
挂在舌尖
然后被阳光照着
供养给天空
也供养给你

水的来历是个谜题
对于天空
对于你
我曾妙不可言

我要和你无所事事

人世太纷杂
我要和你无所事事
把茶泡出人间百味
乘一匹马
去天边流浪

呆呆地看一枝花
吐出甘露
看两只雨燕
追逐着
没入古老的庙宇

我只爱对了一部分

访客

尘世太美
我只爱对了一部分
我只爱了白天
爱了看得见的一切

如果能爱黑夜
爱自己闭目
才能看得见的一切
爱圆润的
也爱尖锐的
我便爱对了全部

我要躺着写诗

我要躺着写诗
月光便埋了我
我要在月下喘息
在绿丛中
吐出三月的芬芳

溪水从身体流出
去向是确定的
她需要一片海
供她藏身

刀光在身体里远去

访客

我要放心地摊开身体
裸露着曾经的一切
不明不白的东西
被放置在旁
我要回归一个人的本质
像初生那样
不着世俗的痕迹

刀光在身体里远去
甘露在唇边流动
自己才能品尝的甘苦
一半住在肉身
一半融于灵魂

一个开放过的盛年

不切实际地
总想住进一个人的心里
在身体盛开的年份
沉湎于颜色

五光十色已够迷醉
到处是迷路的人
倒在春风里与倒在黑夜里
没什么两样
谁都有开放的盛年
像花
也像充满活力的野兽

因为冷是彻骨的

说起冬天就会想到寒冷
因为冷是彻骨的
这时一个温暖的场景
会从心中泛起

通常是一个封闭的咖啡厅
两只冒着热气的咖啡杯
玻璃窗
冷暖空气交流出朦胧
两个人影
变得模糊不堪
烟囱喘着粗气
去消化灶膛里的火
不明的心事
冒出来与寒冷交汇
又降下一场
不明来路的雪

唯一花开的部分

在大雪里
唯一花开的部分
仍在雪的深处
不叹息
也不微笑
开与不开花
都是那么的完整
没有折痕
没有供你召唤的名字

我们从不谈论生死
在失效的时间里
静静地
拈着一枝花

在变成石头前遇到你

我要在变成石头前遇到你
这样就可以在心里
刻你的名字
刻那些温柔的印痕
刻相逢后的直线

我要细数
那些被辜负的时光
在一个空旷角落里唱歌
不要被看到的人和事带走

我要时刻守着
自己的一颗心
听水溶断石头的回响
听你轻盈的脚步
从远处到心里

月牙白，是另一种陈情

通常
夜色用来思念
用来收拾挥洒的月光
你坐在海边
与月光融为一体
月牙白，是另一种陈情

风清云淡的气氛
像忘了伤疤的一个人
等着被月亮宠幸
等着被月亮淹没

总有一阵风,为你而来

当身体变得沉闷
心情变得挣扎
喧嚣的世界
荆棘丛生

人们无法阻止我的呼吸
就像无法阻止一阵风
心底的风暴
逐渐清晰

总有一阵风，为你而来
如巨人咆哮
把禁锢的城堡
掀翻在地

面对苍白，我竟无言以对

开了又谢的桃花是白的
一切都是白的
像雪
一层层地覆盖
使春无法舒展躯体
失去声音的大河
发出最后的喘息声
这让我想起了
大头朝下的惊叹号

于是，我常常想起丰盈的水草
饱满的肌肤
在胸膛上奔跑的马匹
如果苍白意味着
生命的褪去
而面对苍白，我竟无言以对

一束光的走向

访客

我要吸引热的目光
活成一束光
在喧嚣里
安顿一段时光
一杯石磨的咖啡

不再想种种擦肩
不再想雨水的泥泞
开始关注
现在的天气
一束光的走向

开始与自己的影子相伴
互致安好
我需要我的世界熙熙攘攘
有时
又空无一人

在海边，就做一块石头

在海边
就做一块石头
在激烈与温柔中
日渐消瘦
那些被日子吞没的喜悦、悲伤
融入海里
进入海的心里

我会变成一粒沙
依旧的坚硬
包裹在软软的浪中
用来思念
用来沉淀

我和浪一起推动了
一桅帆
我和今日磨擦
让世界变得光滑
让一双脚印
从容踏过

如果天空没有忧愁

访客

抬起头来的时候
雨就下来了
这像是一种洗礼
也像约定

如果天空没有忧愁
就不会有这么多眼泪
就不会在午夜倾诉
就不会造出海洋

咸湿的海洋是泪水做的
那里浸泡着一颗巨人的心脏

与己书

一寸寸地抚摸生活
抚摸城市的灯火
抚摸记忆里的青鸟
属于自己的酒
飘在新屋

我用摸过兰花的手
为自己做雕塑
红豆做眼睛
用红豆掩盖白雪

我把一条河牵在手里
用它覆盖着曾经有过的荒芜
和丰满的骨骼

我不跟往事对饮

我不跟往事对饮
沉下的酒
泛起的泪花
远方的你

下雨时
我分不清是故乡的
或是明天的
细雨总是让人伤感

地上长着不知名的草
熟悉又陌生
这些都是曾经的遇见
那些露水
仿佛青春的丹药

松鼠
一面寻找橡子
埋下后
又一面忘却

在岁月中温良泅渡

没人相信心会化成水
让岁月盛着
刀劈上去
还能恢复如初

岁月总是这样
不停地挥舞着刀和鞭子
一片秋叶
在岁月中温良泅渡
轻得像羽毛

回想当初模样
衬着一朵花
让蝴蝶温柔踏着
就像莲花般地展开的双手
仿佛一只船

活成一滴水

我用静止来对抗时间
把心跳湮没在海里
我躲藏在
魔鬼看不见的地方
活成一滴水

荒芜了的老屋
门前的石阶
早已静得出奇
没人来分辨
早已逝去的一切
或是没了争辩的人

生命在聆听中
有着节律
海的心跳暴露了
我的行踪

在你面前小坐

我知道你太阳般的温度
允许我的存在
那些藏了一冬的冰
那些委屈与伤疤
此刻
要裸露着

前半生用来跋涉
深海、街垒
不知名的颜色
这样向你袒露心事
袒露埋在心里的块茎
展示山的一角

静静地不与你对话
感受妙龄青竹
感受被竹尖刺破
溅了一地的光
该如何收场

也许是个意外

用一生这么长的距离去爱
去沉沦
如亚特兰蒂斯
消失了
还会让人记得

如果说人生是一条直线
我多想弯成一个圈
在最美的时光与你相遇
或者打成结
难解难分地在一起

我是在陆地上行走的鱼
血液里澎湃着海洋
没人能走进我
而你
也许是个意外

角　落

我们开始
每天步步为营
然后
退到角落

角落如此安静
让我们
不再茫然四顾

我们背靠
坚硬、冰冷的墙
才能看到
阳光从窗前
照进来

那些白云

访客

我总是放任
那些白云
在心里飘来荡去
然后消失

亲爱的
把我从白云里
拉回来
不行雨
也不起雾

不要关联那些河流
那些弱水
更不要对柔软
起执念